KB071694

청어詩人選 299

청춘은 고독을 품다

윤영규 시집

청어

시인의 말

시는 인생을 담는다고 합니다.
지나온 발자국을 되돌아보면
제 딴엔 고독과 방황, 고민이 많았죠.

이 시집엔 제 고민 많았던 인생—청춘이 담겨있습니다.
시집을 읽는 여러분께
제 시가 인생의 방향이 되어줄 수는 없지만,
작은 위안과 공감이 되었으면 하는 바람입니다.

여러분의 청춘은 고독을 품고 있나요?

청춘은 고독을 품다

3부. 열망은 희망을 안고

1부

청춘은 바람이 되어

1월 비망록

한참을 설레다
가슴에 고이 접어
옅은 종이 위에 옮겨요

바래진 색상 너머
가물해진 여린 초상

가까우나 멀어질 수밖에 없는
이별의 역설은

밤하늘의 별들을
바람에 다 가릴 듯하죠

채워지는 비망록 위로
보이려나요
광명이 춤추는 그날이

옮겨진 글 위로 회한의 이슬 머금고
까닭 있는 눈물이
종잇장을 적시는 1월 어드메

장님이 돼버린 펜은
지쳐 쉴 곳을 찾네요
남겨진 여백에 쉼표 하나 남긴 채

남몰래
뒤돌아 웃음 짓는 페르소나에
눈 맞추고
고고히 샘물에 입술 훔친답니다

종달새 울음

밤새 내린 비가
자욱이 동산을 적시면
풀잎에 숨어든 작은 종달새

끼익
메마른 울음에
햇살 한 조각 머금죠

누가 내린 비일까
고갯짓 갸웃하며
겨우내 품은 햇볕을
이른 햇살 함께

끼익 끼이익
빗물에 잠긴 세상을
울음에 담아 말려 봅니다

지나가던 나도
꾹 걷던 걸음 멈추고
종달새 이른 아침 지저귐에
멍 귀 기울이는 것은

내 마음에 흐르는 빗물도
메마르길 바라는 탓일까요

하늘 향해 짓는 종달새 울음
오늘따라 처연해

가는 걸음에
따라오는 울음 한 자락

애상

김 서린 아침 녘에
이슬 먹고 핀 작은 분꽃
친구들은 온 데 없이
고운 자태 고이 남았네

함께 하자 아롱아롱 손 흔들며
꽃봉오리 곱게 피어올린 그 님
지금 그 님은
아직도 싹을 틔울까?

잎새에 담긴 초록빛 맹세는
흩날리듯 사라지고
정처 없이 떠나간 내 연정도
아련하게 사라진 지금

때를 잊은 작은 분꽃만이
그날을 추억하며 고이 남았네
그날을 추억하네

겨울꽃

꽃이 피었네요
차가운 얼음 한복판에
꽃이 피었네요

서리진 한파 속에
고운 꽃송이 피었지요

매서운 눈바람 불면
아이쿠 잠시 몸을 뉘였다가
찬 이슬 촉촉하면
고운 몸 드러내지요

피지 않을 긴 추위에도
꽃은 피지요

드리렵니다

아시나요
그대를 처음 만난 날
수줍은 듯 피는 봉우리에
그대를 담아 집으로 왔습니다

가슴 속에 담은 봉우리
고이 모셔다
밤하늘에 핀 별로 양분을 주었습니다

눈물과 웃음이
서로를 향해 끝도 없이 달리다
어느새
분홍빛 역력한 꽃 피었기에
그대에게 드리렵니다

순결함 가리는 가시는 걷고
오직
변함없는 맹세만을
그대에게 드리렵니다

기약 없는 바람이지만
그대를 기다리렵니다
오늘도 내일도

달밤의 산보

살랑이는 봄 내음에
닫혀있는 가슴 안고
살며시 문 열어 길을 나선다

늙어버린 밤
홀로 외로이 걷노라면
쓸쓸한 선경에 눈은 떨려오고
외로운 심정에 가슴은 멎어간다

진해지는 유채꽃 향
폐부에 스며들면
감춰있던 내 마음
빛바랜 영혼이 고개를 든다

힘없이 영혼과 내가 마주한다
너는 무엇을 하고 있나
대답 없는 나를 보며
나는 조용히 눈을 감는다

내가 보던 네가 나일까
네가 보던 내가 나일까
장자의 고사 속 나비 되어 오늘은
달빛에 몸을 숨겨 보련다

그대의 낙엽

낙엽이 묻었습니다
그대의 청초롬한 반달눈 자화상에

새벽이 빛을 달려
등 구부린 안개꽃을 피우듯
그대의 속삭임에 휘어져
몸 날리는 한 잎의 낙엽

낙엽에 묻은 붉은 손난로의 온기가
살며시 실금 눈을 적셔
홍해 같던 그대의 눈을 추억합니다

낙엽이 지는 날
그대의 얼굴에 새로운 낙엽이 묻은 것을
그대는 알고 있나요

그대가 떠난 날
나는 그대의 낙엽을 주웠습니다
그대는 모르게

여인

젖은 비가 새하얀 구름 돼 몽실거릴 때
초록빛 여운 촉촉이 젖은 눈으로
허락 없이 그녀는 발을 딛는다

이미 누군가 밟은 길
한 올 한 올 여미어주며
풀 덧댄 자애의 손길로
작은 상흔 하나 남기지 않는다

들추는 게 두려워
튀어갈까 두려워
타는 불씨 꺼뜨리며 애써 고개 젓던 것을
이젠 피할 길이 없다

들에 핀 풀잎 아름 따다
나 그녀에게 드리리
비 내린 대지에 녹음 무성히 펼쳐지면
나 그때야 비로소 그녀와 웃으련다

망상

어디서 왔을까
매화 속에 묻힌 연붉은 조각들
촉촉이 젖은 이슬 먹고
가녀린 듯 바람에 흩날리네

이른 아침에 햇살 머금고
강결에 실려 왔을까
젖은 잎사귀는 수줍은 듯 고개를 떨구니

아
빙판을 헤친 묘목이
만개한 수를 놓듯
꽃송이여 더 붉어지기를

우수가 짙어지는
아직은 이른 겨울에 올리는 기원

내 생애 가장 찬란한
꿈결 같은 몽환의 존재여
오늘도 눈을 감으니…

다시 눈 뜰 그날엔
꽃잎 한 장 떨구는 일 없기를

바람이 스치는 12월 어느 날
문득 설레는
12월 초하루 일기

뿌리렵니다

뿌리렵니다
4년간 숙성된 거름 모아
비어있는 잔 하나하나
뿌리렵니다

새하얗게 빚은 잔은
깨어질 듯 휘어질 듯 위태위태하지만
잔에서 피어나는 가지 따라
나는 희망을 보지요

희망이란 단언 함부로 쓰지 않지만
그것은 새하얀 맑음
때 묻지 않은 순수함에서 핀 열꽃
그것은 진정 희망이지요

그러니
남들이 더럽힐까
혹여나 탈이 날까
들판에 허수아비 돼
밝은 햇살 환히 비추렵니다

소명도 명령도 아니지요
그것은 단지 바람일 뿐
꺼지지 않는 한 사람의 기도입니다

시를 써볼까

추적추적 마음에 비 내리면
숨겨진 근심 감췄던 울음
한 줄 시에 담아 풀어본다

한 편의 시는 진한 생채기
영광의 훈장 있어야기에
펜촉은 마음 따라 움직이지 않으나
오늘은 시를 쓰는 날인가 보다

쓱싹쓱싹
펜 따라 굽이굽이 구절구절
역경의 파노라마 펼쳐지면
어렵사리
시는 완성되지만 나는 곧 깨어지니
시란 이리도 어려운 것이다

시란 쉽게 쓰는 것 쉽게 읽는 것이라는데
인간을 발가벗긴 후
그저 펜이 움직이니 어째 부끄러울 수밖에

그저 손 가는 대로 말하는 대로
쉬이 펼쳐지면 좋으련만
시란 이리도 어려운 것이다

그러나
할 줄 아는 건 오직
어려운 시를 쓰는 것이기에
오늘도
낡은 장막 속 한 줄 양식 꺼내야 한다

쉬운 길 제쳐두고 구태여
어려운 길 총총총
밤길에 이슬 따라 걸어야만 한다…

동화사 노스님

팔공산 너머 굽이진 길
펼쳐진 이상을
초로의 신사돼 풀과 걷는다

빛을 잃은 어둠 새하얀 동장군
세상 속에 묻히고
지저귀던 새들은 연주를 멈췄다

들판은 침묵하고 생명이 사라진 날
허허로운 노스님 웃음
오늘따라 이리 따사로운지

차면 넘치고 넘치면 깨어지고
빈손은 빈손으로 가는 것을
노스님은 무언으로 풀어낸다

불심은 멀리 있는 것이 아니니
오늘은
노스님 스승 삼고
달빛을 지우 삼아
내 얼굴에 세상을 담아볼까나

그냥 흘러가는 대로
그냥 말하는 대로
그냥 두며
세상을 관조하며 놀아볼까나

서러운 날

서럽다 되뇔수록 또 서러워
냉기를 머금은 돌상처럼
이내
달관의 미소 지었다

내게 주어진 건 침묵
땡볕에 주어진 묵언의 여유
소리 없는 비명 지르고
잊혔던 자유 숨겼던 염원
살에 치여 그만 낙사하였다

인생은 왔다 가는 것이라는데
나란 놈은 잡념의 기에 잠겨
그냥 가려 헤어나려 하지 않는다

이젠 꿈을 잃은 아이처럼
남은 건 고독과의 싸움 뿐
깊이 침전하는 어둠 속에서
남은 손가락 열심히 펼쳐야 한다

서럽다고 되뇔수록 또 서럽기에
달빛 머금은 유리잔 보며
기약 없는 면벽 수행 떠나야만 한다

홀로라는 건

홀로 소백산 너머 길을 걷는 것은
산에 걸린 노을빛
그윽한 아름다움을
아는 탓이다

홀로 들녘에 누워 달을 보는 것은
달이 차면 별이 희미해짐을
아는 탓이다

무뎌진 가슴은 새하얀 칼을 갈고
갈린 칼은
장수의 칼 마냥 강인한 법

그러니
타다만 장작나무 보는 양
그대여 나를 비웃지마라
탄 나무 검은색 숯 덩어리
그대도 방 한 켠 놓지 않느냐

봄이 왔네

걷다가 가다가 멈춰
그 자리서 침묵
산 따라 강 따라
남산의 해 지저귑니다

빛 내리는 햇살 고운
동녘의 해 동이 트니
기세 좋던 동장군도
진중으로 몸을 숨었죠

으슬으슬하던 고을에
춘향이 그윽하니
아무래도
봄이 오긴 왔나 봅니다

고을 식구 놀래주려다
부끄런 표정 애탄 마음으로
초가 위에 찬 이슬
신명나게 머금었나 봅니다

침전

피어나는 꽃송이들
빛깔 하나 고운데
흙으로 점철된 판에서
나는 왜 홀로 침전하는가

봄 녘
내리는 따스한 햇살처럼
나도 네게 내리는
한 줄기 의미이고 싶은데
오늘도 왜 홀로 침전하는가

바닥까지 내려간 심해에
몸을 편히 뉘어다
엮어진 빛 따라 나 따라가면
그때는 다시 부상할까?

알 수 없는 물음에
대답 없는 함성

피어지는 들판에 송이송이들
빛 좋은 자태 뽐내는데
나는 오늘도 홀로 침전될 생각뿐이네
어디까지 내려가려고

너의 손을 잡고 싶다

할 수 있다면 난
너의 손을 잡고 싶다

맞닿은 숨결 짜릿한 전율
솜털에 스치는 달콤한 속삭임
올올이 엮어
너의 손을 스치련다

구름이 떠가듯
비가 적실 때
잊혀졌던 가문의 영광
너에게로

나는
너의 손을 그렇게 잡고
앞으로 앞으로
그렇게 가고 싶다

맞닿은 손에 깍지 영원하도록
하늘도 별도 물도
우릴 지켜주도록

할 수 있다면 난
너의 손을 잡으련다

애상 2

김 서린 아침 녘에
이슬 먹고 핀 작은 분꽃
잎새에 담긴 초록빛 맹세는
흩날리듯 사라지고
작은 분꽃 그 자리 고이 남았네

고운 꽃 남긴 고운 내 님
눈물 한 사발 흘려 봐도
고운 꽃은 있는데
고운 내 님은 어딜 가셨나
불러도 공허한 메아리 뿐

님이 남긴 공허함은 태산 같이 쌓이는데
님과 떠난 내 열정은 되찾을 길 없구나

불어라 봄바람아 나의 벗아
퇴색한 진홍빛 같은 내 가슴 녹이고
청천강 너머 떠난 내 님도 찾아주렴 바람아

인내

길 따라 강 따라 선 따라
오고 가는 마음의 정
내 맘대로 되겠느냐

뙤약빛 스며든 볕쥐처럼
이리저리 떠돌다
아로이 새겨진 마음의 굴레 따라
길을 잃고 지친 것을

누군간 날 보고 어리석다 하나
순리 따라 이치 따라
주어진 운명 이젠 기다릴 뿐

어느 순간 황야에 머물던
어여쁜 이 날 찾는다면
그때야 반가이
나는 그를 따라 가련다

2부

바람은 시련을 타고

가야 하는가

시류에 잠긴 강은
여울져 흐르고
고이 묻힌 시간은
나를 잠재우네

잊은 듯
잊지 않은 듯
가야 할 때를 모른 꽃샘은
누굴 따라 가는지
소리 없이 묻힌 겨울에
물결 넘실거리고

아이야
흘러가는 강물처럼
이내 시간 거스르면 좋으련만
오늘도 달빛에 꽃이 핀단다

가야 한다

가야 하지만 가고 싶지 않을 때
가야 한다는 마음 담아 가야 한다
뒷모습뿐 아니라 앞모습도 아름답게

꽃 피는 봄이 오면

꽃 피는 봄이 오면
이 내 몸은 지고 말지요

새빨간 산 아래
이슬 묻은 강길 따라
오들오들 떨며
발아래부터 머리까지
지고 말지요

지고 있는 계절 따라
아마 나도 지고 있나 봐요
이기고 싶지만 지는 게 순린가 봐요

꽃 피는 봄철 따라
그렇게 지고 또 져서
한 묻은 고갯길에
몸을 눕힐 테예요

새하얀 동장군 기세 드높이고
북녘의 산타 왔다 몸을 녹이면
그때 다시 일으킬 테예요
누구보다 더 크게 어흥
일어날 테예요

그러니 오늘은 누워 있을 테예요
그 언젠가까지 잠시
몸을 눕힐 테예요
잠시 잠시만

붉은 노을

바람이 세차게 창문을 두드릴 때
붉은 노을이 뜨고
우리는
참새처럼 가냘피 몸을 뉘었다

내렸다 올랐다 지친 숨은
그칠 줄 모르고

어느새 붉은색 황혼의 노을
잘 익은 사과 열매
우리 얼굴에도 탐스럽게 열렸다

아프니까 청춘이라는데
우리의 청춘은
밤하늘에 진 해처럼
붉게 낙화하여
이리도 아프게 지고 마는지

얼마나 더 아파야
아픈 상처 여물고
삼만 리 여정의 길 떠날까

아직 알 수 없는 어둠에
짙게 깔린 장막에
오늘도 지고 있는 노을빛
청춘의 죽음

붉음의 황혼만이
조용히 사그라지누나

눈부신 그대

어이쿠 쿵 눈부셔요
그대의 모습이 눈부셔요
봄철에 사르르 녹는 흰 눈처럼
그대의 모습이 눈부셔요

새초롬히 뜬 눈이
반달같이 굽은 눈이
아이쿠 눈부셔
나의 눈을 감기네요
나비같이 살랑살랑
나의 눈을 감겼지요

밀려드는 졸음졸음 그대 속삭임이
고요한 호수에 잔잔한 폭풍 되고
황야에 내린 귀인은
나비 되어 날아갔으니까요
풍요한 날갯짓에 시선의 영명함도
신명난 듯 그대로 날을 잊은 날

그대는 봄철에 여무는 가을처럼
그렇게 내게 왔지요
청춘에 진 낙엽 한 개비와 함께
영롱한 연빛 품고
바래진 노트에 일기 몇 줄 남긴 채
영원한 고요를 가슴 속에 묻었죠

아 아마 그대는
진정 눈부신 나비였지 않을까요
나의 눈을 멀게 한 그대

그러나 그대는 이제 안녕
떠나간 나비는 돌아보지 않는답니다
다시 볼 그날은 추억 속에 남긴 채
그대여 안녕히

기다림이란

화촉에 붙은 불이 언 발을 녹이면
새록한 마음에 얼었던 시간이 감겨오죠

겨울철에 져버리던
마음의 연서 낙엽 한 개빈
봄의 향기에 취해
아직 지지 않았나 봅니다

흩어지듯 춤추는 벚꽃 사이에서
난 아직도
그날의 향기를 맡고 있었는지…

눈가에 아리는 촉촉한 습기가
대지를 메우고
봄의 신전에 아지랑이 꽃을 피웠답니다

꺾어가는 이 없이 그 꽃은
아직도 주인을 기다리고 있다죠

철없이 피었던 그때 정에

꽃잎 한 개비 떨구지 못하고
그날의 순수함만
가득 담고 있답니다

파지의 시간이 온 줄 모르고
혼자 아직 눈감고 있지요

그러나
봄의 향연은 이제 시작인 걸요
잎순을 휘감은 영롱함은
아직 바래지 않았는걸요

그러니
내겐 아직 시간이 필요하답니다

언제일까
푸른 겨울 길 따라
피리 부는 색동옷 여인 고갯짓 갸웃하면

그때야

꽃눈개비 흩날리겠죠
내 마음에도 날리겠죠

그러니
지금은 가만히 눈 감을 테요
깨지 않을 긴 시간을
침묵 속에서 잠잘 테요
얼음산 산 동굴서
동면 속에 잠을 청할 테요

그러니 지금은
깨우지 마세요
기다려 주세요

나는 아직 시간이 필요하답니다
그러니 지금은
지금은
쉿

마음의 양식

마음의 양식
나눠 먹는 양식
너도 먹고 나도 먹고
돌려먹는 양식

아 배불러
두드려 봐도
끝도 없이 채워지는
마음의 양식

돌려먹기 싫어서
이젠 혼자 먹고 싶은데

찾는 이 많아
홍 거절하는 새침한 아가씨

같은 값이면 다홍치마라는데
양식아
내 마음은
누구보다도 붉단다?

5월에 내린 눈

눈이 내려요
울음 진 처마길 따라
하얀 눈이 내려요

순백색 얼음꽃
하이얀 결정체
우거진 눈길 따라
영롱한 청록새 축복하지요

눈은 본디 왔다가는 것인데
5월의 눈은
청초한 아름다움
새침하게 한 가닥 남기고 가지요

흐릿했던 도화지가
순백색 채색된 것도
눈이 남긴 잔상인가 봅니다
온 세상을 뒤덮었듯
나도 살짝 뒤덮였답니다

내 마음에 내리는
5월의 하얀 눈방울이
왔다가 갔다가
때를 잊은 봄철에
고요한 한 방울 흔적만 남긴 채…
그렇게 향기만 자욱 품었답니다

푸른 소나무는 말이 없다

푸른 노송 향해
나 한 걸음
너 한 걸음
도합 세 걸음

곁에 선 노익장은
야윈 가지에
혈색이 안 좋고

아프지 마라
말 새기려는데
푸른 소나무는 말이 없다

숨진 넋 기리기 위해설까
호국의 여념 지키기 위해설까
몸이 썩어 고름 되는데도
사시사철 영원함은
잿빛 속에 더 푸르구나

아
겨레가 모두 이 같다면
조국의 혼도
서방정토 널리 빛나지 않으리

길을 걷다 보면

걷다가 걷다가 보면
가다가 가다가 보면
나에게서 뒤처진 너의 한 걸음
눈길 속에 머물겠지

가는 걸음걸음
오는 울음울음
뽀드득 날리는 자욱 속에
주름진 안개비
수줍게 나를 넘고

왜
두 걸음만 처졌어도 잊을 것을
하필 한 걸음인지

떼질 듯 붙을 듯
어제에 묻힌 언약이
머리 숙여 울음 짓는 날

기약 없는 보름 속에
너를 이은 내 발걸음이
한 걸음 앞에 멈춰 서있네

중독

중독되어 가는 중이다
한 줄기
화사한 봄 향기마저 맡을 수 없는
나에게 중독되어 가는 중이다
혀가 있어도 뱉지 못하는
나에게 중독되어 가는 중이다
눈이 있어도 실핏줄 머금어야 하는
나에게 그만 중독되어 가는 중이다

오라 너로구나
그러나
너는 단지 중독된 인간일 뿐
썩어가는 한 그루 고목일 뿐
밖이 무엇이든
안이 무슨 상관이랴
숨긴 발톱 감추고
병실에 누워 요양이나 하여라
넌 단지 중독된 인간일 뿐
255 종양 안고
악에 취해 타들어갈 뿐
불쌍하디 불쌍한 인간아

아 그렇구나
나는 중독되었구나
그렇다면 구태여 무엇을 더 보태리
잠에 취한 인간처럼
깊은 심연에서
잠겨진 나를 건져
지금의 나와 대면해볼까
상처는 흉터 되어 고름 되겠지만
난 중독된 인간이니까
독에 취해
흥겹게 비틀대는 중이니까
한밤에 고성방가
크게 터뜨리련다
지심귀명례
이 인생아 나를 좀 놓아다오
한철에 중독된 사자후의 열창이다

들판에 서서

들판에 핀 민들레
자태 하나 고운데
그림자에 묻힌 청년의 한은
세월보다 깊구나

갈래 선 두 손 모아
천 리 물 떠 나르면
그때야 헤진 상처
조금 아물까
헤픈 마음은 난제를 남기고

오뉴월
흩날리는 미중유 속 계절만이
오늘도
자옥자옥 슬피 울도다

존재의 의문

잠에 취해 비틀댈 뿐
오늘의 나를 볼 수 없구나

어제의 나는 존재하는데
방향 잃은 목마처럼
나는 존재하는가?

어둠에 취했다

어둠에 취했나봐
눈을 감아도
눈 속엔 파란 불꽃 이글거리고

산 너머 강들에는
푸른 제비붓꽃
바람 따라 머물다 가는데

캄캄한 어둠 속엔
흔한 전등 하나 없고
물러선 발걸음엔
고요함이 가득하네

취해서 비틀대는 걸음이
흡사 백로의 춤사위와 견주니
역시나 어둠에 취한 걸까
까만 입술엔 하늘이 취하고

아
아둔한 가슴아
달빛에 취한 가슴아
이젠 나를 놓아야 하지 않니
제야의 종소리는 아직
고요함만 하늘 높이 채우고 있는걸

멈춰선 것은

멈춰 서본다
어제의 나와 결별해
졸음 좇던 허수아비
내일에 묻힌 그늘진 여운이
미처 흩날리던 때
한강의 한을 다 알기 전에
구두에 묻은 먼지 한 톨 마냥
자리에 멈춰 서본다

털털털
먼지로 점철된 나의 인생이
털릴 듯 털리지 않는 이유는
지난날의 아픔이
몸에 딱지 돼 앉은 탓이오
말로 할 수 없는 짙은 고통이
고개 저며 나를 원한 탓이다

580여 길
숨 쉬면 닿을 듯한데
철책선 앞 그늘진 곳에

굳이 그대 앞에 멈춰선 까닭도
내일의 나를 장담할 수 없기 때문
맨주먹에 이불 털 듯
이제는 털고 싶은데

멈춰 선 발걸음을
삐뚤어진 방향길을
이제는 산수유 열매 따라
새벽길에 기차 타던 대로
구름 짙은 퇴계원서 옮기고 싶은데

가슴에 아늑해진
봄철의 향기 짙은 메아린
생각이 멈춘 아낙네처럼
주저앉아 나를 붙잡으니

아 그저
내일의 나를 보고 울음 짓는 일 없기를
털 수 없어 멈춰버린 내겐
그것이 그저 최선이라오

애타는 봄은

봄 여름 가을 겨울
그리고 봄
봄 녘의 따뜻한 햇살은
아직 나를 찾지 않지요

봄 지나 여름
자욱한 장맛비
흩날리며 춤추는 시절이니까요

여름 지나 가을
가을 지나 겨울
그리고 봄이 올 때는
아직 눈가만 촉촉한 이슬이랍니다
영롱한 연노랑빛 물든
찬란한 가시의 촉감이지요

물다가 뜯다가
이내 삼켜버릴 시절의 한을
어찌 되새기려는지

봄 여름 가을 겨울
그리고 봄이 올 땐
고개 숙여 눈물 아니 흘리렵니다

님이여

하늘이 무심타 말을 할까 하니
아니 돼
흩어진 강물 따라 연노랑빛 촉촉

가버린 님이시여
기약 없는 오작교서 님의 자취 좇으니
흔적 없는 강물에도
총성은 울리더라

보고픈 마음이야 백골이 진토 되나
나를 잊은 님이여
방아쇠를 당기리
한 줌 한 줄 되새겨질 때마다
보고픈 백두산이 눈앞에 있는고

오라 가자 내일로
보고픈 님이 있는 그곳으로
새겨진 고혼의 상흔은
아직 아물지 않았단다

견딘다는 것은

견딜 수 있다는 건
견딜 수 없다는 것
감춰둔 흉금의
향수 뿌린 진한 메아리

동동동…
흩어지는 잔영들 속에
이젠 견딜 수 있을까

뿌려지는 향내 속에 짙은 태양이
하늘 따라
가슴 여미운다

9월 어느 날

이른 한낮에
벼는 제풀에 지쳐 고개 숙이고
우러른 하늘엔 고요함이 가득하네
타고 온 차창 너머로
그리움이 넘치고
이내 뒤돌아 눈물 젓는 어려움

왔느냐
삼키는 말 뒤엔
한 섞인 정겨움이 가득하다

주고받는 대화 속에
은연중 맺어지는 세월의 언약
높게 쌓인 하늘만큼
영원하리만큼 사랑스런 푸르름 영글고
이내 뒤돌아 헤어져도
무언에 담긴 그 청정함은
바다를 메우고도 남으리

내가 태어나 사랑받고
내가 태어나 웃음 짓고
내가 태어나 울음 짓는
기이함 섞인 청춘의 역설을
어찌 말로 다 표현하리

달려가다 그만 돌아서서
이별과 만남의 낙엽 한 개비
고이 건네 드리리

가을 지나 겨울 오고
이내 다시 겨울 오면
그때야 눈물 섞인 아쉬움 뒤로 하고
건너뛴 세월의 끊어진 맥을
고이 손잡아 놓아 드릴 텐데
지금은 그저 이별의 말밖에 드릴 수 없어
불효자는 이내 태연한 척 웃음 짓는다

허허허
씨알도 안 먹힐 웃음소리에
이내 그만 석별의 낙엽 한 개비 흩날리고

저물어가는 태양 속에
이글어가는 추억 한 개비
곱게 저무는 9월 어느 날
남녘의 붉은 함성이
환상 속에 곱게 머무는구나

타오른다

찬바람 스치는 저녁노을
붉게 탄다
지쳐진 마음을 터줄 듯이
태양보다 더 붉은 초원의 기세로
타오르다 터져버릴 그 맹렬함으로
타오른다
쥐어짜내듯 타고 또 탄다

밤중에 묻힌 고즈넉한 새가
어둠을 물고 달아나듯이
타오르고 빈자리엔
새싹의 청운이 대지 따라 여밀 뿐

오오 타오른다
그렇게 타올랐다
그리고 꺼졌다
찬바람 스치는 저녁노을이
그렇게 맥없이 타올랐었다

3부

열망은 희망을 안고

그날이 올까요

꽃 피는 봄이 오면 그날이 올까요
흩날리는 군무 속에 춤추는 무희처럼
새빨간 꽃 미소
살그머니 입가에 머금을까요

뒤돌아서서 울음 짓는 연노란 보라매처럼
살며시 내게도
겨울 지는 봄 향기 콧속에 스칠까요

내게도 그렇게
붉은색 입술에 스친
지난 겨울날의 그날이
멀찍이서 수줍게 오고 있는지요

그날이 그날이
아직은
입가에 한 줄기 상흔만 스치고 지나가네요
두 발자국 멀찍이

글을 쓰는 우리

글을 쓰는 나 글을 쓰는 너
글을 쓰는 나와 너, 우리

네모난 책상에 주어진 종이 따라
말없이 펜은 인생을 그린다
사각 사각
손 안의 펜 따라 펼쳐지는 인생길

나는 이쪽 너는 저쪽
우리는 요쪽
갈라지는 길에서 우리는 인생을 정한다
흔들리는 가녀린 영혼이 펜 위에 섰다

네모난 책상 위 주어진 종이 따라
글을 쓰는 나와 너, 우리

살며시 내게 너희들이

안녕 애들아
잠자다 깨어난 아가들처럼
꿈처럼 몽실거리다
한낮에 살짜기 손 내밀어 준 아이들아

내민 손길 몽실몽실
구름 따라 초원이 무르익고
깨어날 새싹들 기지개 켜며 하품할 때
살짜기 등 기대주는 아이들아

길 따라 청운이 머물고
살며시 살며시
내게 너의 구름이 적실 때
살짜기 내 영혼은 네게 머물고
푸른 속삭임 영글어
이내 달콤한 꿈을 꾼다

속삭일 듯 말 듯 커져진 목소리로
달관의 미소 영원히
살짜기 살며시 안녕 아이들아
내겐 너희들이 있단다

놀라우리만큼 살짝살짝
이내 미소 짓는
나의 영글어가는 꿈들아

어느 가을 이야기

초록빛 물든 대지에 새순이 돋고
바람이 물든 가을에
젖은 잎사귀 입가에 스치면
잊었던 옛이야기 귓가에 새록해지네

가을에 젖어 들던 낙엽의 숨소리에
고요함이 묻힌 내 님의 흔적
말없이 나를 찾고
추억 속에 맴도는 아득한 영혼이
결국 나를 붙잡으면
흐느적흐느적 마른 빗물이
하늘을 덮을 듯하다

오매불망 그대 곁에 숨 쉴 수 있다면
그것 또한 축복일 것을
허락되지 않은 금지의 서약은
달밤에 더욱 시리다

어둠을 감싸는 휘황찬 수정에
이내 내 몸을 맡길지
백만 년을 견뎌도 빽빽이 감싸진
낙엽 속의 기억은
결국 나를 찾으리

님이여 요단강 구름다리 넘어서나마
그대의 숨결이라도 찾을 수 있을는지
가을이 숨 쉬는 밀림의 미로서
오늘 밤엔 그대를 잊으련다

개화를 기다리며

꽃은 핀다
차가운 바람과 얼어붙은 대지 속에서도
꽃은 핀다

메마른 내 마음에도 어느덧
한 송이 꽃봉오리
곱게 피어오른 것은
기다림이 죄가 아니라 미덕이기 때문

그러니 나는 기다리련다, 개화를
태양이 화산 같이 솟구치는 때
내가 태어난 곳, 그곳에서
참회의 눈물 구슬피

개화의 시기에 눈 맞아 필
마음속 꽃봉오리와 함께
속죄의 눈물
꽃길 따라
가는 걸음걸음 흘릴 것이다

노래하네

겨울이 묻어 놓은 12월 끝자락서
나는 노래하네
슬픔이 무뎌진 선율을 안고
저 바다 깊숙이

몸속에 스쳐진 지난 햇살이
칭얼대듯 맑은 미소 지으면
비로소 또 다시…

겨울이 묻어진 12월에
겨울의 끝자락을
나는 노래하네

각성

살면서 아픔이 뭔지 슬픔이 뭔지
시계를 돌려봐도
그저 눈 감던 시절
그날이 행복이고 춘추였음을
그때는 몰랐음이야

세월의 흔적을 좇아
가시밭길을 걸음에도
한 줄기 광명이 있음을
그때는 왜 몰랐음이야

이슬에 맺힌 찬 기운이
태양보다 더 따스하고 이글거림을
슬픔이 묻어진 언덕에서
비로소 회상하니
그때는
그때는!
왜 알지 못한 바보야

이제는 추억조차 곱씹을 수 없는
낡은 형겊처럼
그대는
아직도 알지 못한다

검호

가슴이 시리도록 젖은 항구에
푸른 갈매기 비상을 마치고
폐부에 스친 연기에
붉은 흉금은 바닥을 연다

까만 보석 속에
망망대해 펼쳐진 사해의 기운은
오늘도 어김없이 나를 찾으니

애달프구나
슬픔을 금할 수 없는 청로한 노인은
심금에서 무한한 검을 든다

새하얗게 벼려진 칼날 속에
무뎌진 마음은 어디를 향하는가
태평이 무너진 천하 속에
인세의 난은 눈 속에 더 하얗고
슬픔이 무뎌진 선율에
이내 검은 날을 세운다

무너뜨려 버리자
나를 가로막는 천해의 벽을
막아버리자
나를 향해오는 굵은 눈길을
사랑하는 이들과 나를 위해
오늘도 멈출 수가 없다

세상을 향한 검의 포효를
전장에 펼쳐지는 숭고한 사자후를
그리고 이내 웃음 짓는 나 자신을

그대 안의 내가 보이길

보이나요
그대 안의 내가
솔바람 타고
솔솔 불어온 솔내음 같이
싱그런 향기 뽐내는
향긋한 내가

보이나요
내 안의 그대가
가녀린 줄기 알알이 맺혀
가시 걷힌 장미꽃 같은
향기로운 그대가

보이는지요
내 안의 그대와
그대 안의 내가
마주 앉아 정다운 담소 나눌 그날이
그대는 보이는지요

한쪽 눈 살짝 가린 채
살며시 내 안의 그대가
그대 곁의 내게 머물길

청초한 하늘에 푸른 잎사귀 머물 날
나는 기다리렵니다

그대는 연화꽃 뒷자락서
가만히
멈춰서 주세요
내가 찾아갈 그날을

그대 안의 내가
그대를 기다립니다

소명

여민 옷매에
주섬주섬 장구류를 걸치고
창가에 걸터앉아
보라색 물든 하늘을 바라본다

뽀얀 안개에
입가엔 까닭 모를 수증기
얼굴엔 알 수 없는 미소가
형용할 수 없는 인상을 만들고

12월 어드메에는
낙화하는 인생살이
고독 속에 잠기길 바랐는데
수면 위로 부상한 나의 자아가
한바탕 도가니를 만드니

섣달그믐 지고
고즈넉한 천해의 길
따라 걸어야 하는지
보이지 않는 미로엔 가시밭길 도사리니

오늘 하룬 그저 눈 꼭 감고
한 걸음 옮기는 게
나의 위국헌신 하는 일생의 소명

어디로 가야 하는지

푸른 정원엔
실개천 부들 따라 줄줄 흐르고
입가엔 하얀 한숨
까닭 없이 줄줄 흐르네

어디쯤일까
지나온 길가엔
누군가의 흔적이 아스라이 부서져
바람결에 날리고

펼쳐진 앞길엔
베일에 싸인 안개가 하얗게 태워지며
진군을 막으니

비틀대는 이 걸음을
어디로 옮겨야 하나
나는 흡사 백로 한 마리 같고

가는 걸음 취하는 오늘 밤
한바탕 날아가면 되련만
나는 날개가 없어 그 자리서 풀썩
길을 잃어버렸네

그리고는 모든 것을 잊었네
어디로 가야 하는지를…

전설로 남은 낙서

산들 너머 강가엔
이름조차 남지 않은 흔한 전설이 있었지
그 옛날 누군가가 칠해놓은 낙서 한 장
무명의 한 사나이가 5년 동안 담금질해
숨 쉬듯 새겼다는 작은 흔적

이제는 빛바래
사람들의 입가에만 살짝 머금어지는
지금은
세월에 묻힌 슬픈 목마 같은 사나이가
돌아갈 일 없이
아스라이 부서진 낙엽같이
그 자리에 멈춰 길가에 묻혔다네
기약 없는 바래진 흔적 한 장 남긴 채
북녘에는 바람만이 잔잔히
강을 거슬러 갔다는
전설로 남은 낙서 한 자국

이제는 바래진 색상같이
누구도 찾지 않는다네
오직
전설로 남은 낙서 하나
남긴 사내만이
언젠가 슬며시
자국 하나 잠결에 슬어보려나

무제

오 보이는가
싱싱한 활어같이
갓 잡은 신선함이 도마를 뛰어넘어
붉다 못해 푸르러진 정열의 낭만이

오 들리는가
타오른 장작같이
포화의 능선 넘어 세상을 비추는
광야의 새벽 울림 광명의 멜로디가

보이고자 들리고자
한 줌의 재도 남기지 않고
연기로 모두 화했건만!

그대에게
한 줌의 가락마저 향하지 않았다면
세상을 가로막는 천 년의 능선
새벽녘 먹은 이슬이 가로막고 있을 터이니

큰 바람 큰 한숨으로 이내 날릴 테니
그대여
내 이름 석 자만 머릿속에 남겨두길

세상의 모든 어둠 살라 먹고
비로소
정열만이 남은 승리의 찬가가
유유히 그대 곁에
천년만년 종이결에 머물지니

너와 내가 하나 돼
쓰라려진 엽서 한 장
바람결에 쓰일 날도
멀지 않은
1월 겨울 끝자락

재단

내게 보람이 있다면
그것은
헤어진 멍석 같은 낡은 주옥들을
정성껏 재단해
세상에 널리 이롭게 하는 것

너희들의 작은 오명 하나 남기지 않고자
부뚜막에 걸터앉아
작은 소망 하나 달빛에 비췄지

재회하는 그날에 슬픔이 묻지 않도록
만겁의 세월이 흘러도
변치 않는 고고한 소나무
그것이
나의 일생의 소명

낭만이 흩어지는 지난 봄 녘에도
나는 기원했다네
비록 왼손은 알지 못할지라도
그저 내 바람이기에
비밀스레 오늘도
낡은 헝겊 하나
숨길 듯 몰래 짓고 있지

연년에 겨울 질 때
혼자 훔쳐보고
주었다
살며시 네게 가는 종이배
띄울 생각에

떠나간 사내

타다만 장작이 귓가를 울리고
광활한 대지가 어둠을 삼킬 적에
한 사내가 빗자루 들고
초연히 길을 나섰지

더러움에 퇴색된 모든 하얌을
무(無)로 돌려버릴 듯이
지칠 줄 모르는 손놀림에
그들은 무릎을 꿇고
이내 태초에 인적이 있었다던
에덴의 정적이
세월을 건너뛰어 경적을 울렸지

그러나
로마의 기적은 하루아침에 이뤄지지 않아
사내는 인적 드문 숲길을 향해
재차 걸음을 옮겼다네

지나간 발자국이
그의 세월을 좇아
도화지에 흔적 하나 남기고
입가에 주름이 더욱 짙어지던 어느 날

빗자루만 남고 사내는 간 데 없어
뒤따른 미물들만이
그의 빗질을
가슴 속에 묻고 산다네

풀잎 하나

살 에던 바람이 잦아들고
이내 새소리 초원을 울릴 때
이름 없는 풀잎 하나
그 시절 그대를 닮았네

고이 접어 목함에 넣어
그대를 담았듯
너를 품속에 넣은 채
추워서 쪼그린 개 같이
행복함에 웃음 지었지

누가 알아준대도 모른 척
나만의 비밀이
내 품에만 간직되도록

오늘 밤엔 너를 품고
품 가득 향기 담은 채
입가에 살그머니 미소 띠련다

쓰라린 태양빛이 네게 닿지 않도록
그리고
그리면서
훔칠 듯 추억하련다
널 닮은 너를
흐느낌 없는 웃음과 함께

새하얀 액자에 담긴
이름 없는 풀잎 하나
그 시절 그대를 닮았더랬지
어딘가 모르게…

입술이 여려지다

여려진 입술 위가
촉촉이 젖은 날에는
바람에 실려 간 유리잔을 보지요

샛강 위로 웃었던
나의 추억들은
물결에 엎혀간 연꽃 같네요

먼지가 된 사진첩엔
햇살만이 쌓이고
옅어지는 노래 속엔
G선상의 아리아…
파도치듯 흐느끼는데

한때는 곁에 있었던들
눈물이 잠식하는 거울 너머엔
그대는 없고

이내 깨진 파편이
나의 삶을 알려줄 뿐
내가 보는 걸
그대가 보지 않기를
나의 바람 속에 허락 없이
그대를 잠시 묻어 봅니다

이내 다시 마주하게 될
미지의 그날엔
한 줌 미풍 입가를 간질이길
주책없이 큰 용기 가슴에 품어보지요

여려진 입술 위가
촉촉이 젖은
그대는 모르는 날에…

보이지도 들리지도…

그들의 머리 위에 낙엽이 묻었다
젖어든 손으로 조심스레 떼어주려다
결국 눈이 멀었다

섬세히 지던 꽃잎 아래로
뒤돌아 사진 찍던 그날 이후
보이지 않게 되었다
그리고 들리지 않게 되었다

아롱아롱 흩날리던 벚꽃 잎은
이미 낙엽에 묻힌 지 오래
그래서 더욱 멀어지게 되었나 보다

섬세히 지던 꽃잎 아래로
촘촘히 낙엽이 쌓였었지
보이지도 들리지도 않게
그리고 앞에서 사진 찍었네

역설의 패러다임
그 달콤한 유혹 때문에
달빛을 눈가에 비추며…
그리고
그들의 머리 위에 낙엽이 묻었다

쉬면 될 것을

100과 이순신이 만나
수화기를 울리고
500과 학이 만나
음료수를 뱉어내고
1000과 퇴계가 만나
건조기 한 대를 돌린다

인생이 이러하니
인연의 붉은 끈
잠시 멀어져 있다 하나
걱정이야 있으랴

길 가던 나그네 돼
방립 속에 얼굴 묻고
그저 잠시 쉬어가면 될 것을

그대여 서두르지 마라
그대는 아직
다가오는 인연의 길에서
잠시 머무르며 쉬고 있을 뿐이니

태양이 비치고
내리는 비 그치는 날
멈췄던 발걸음
그저 살포시 옮기면 된다

그러니
번민이야 휴지통에 박아두고
오늘은 그 휴식을 즐기라

세월이 지나면
그것이 형용할 수 없는 보석이었음을
그대는 곧 알게 되리라

4부

희망은 고독을 품다

고운 그대 얼굴

가로등에 비친
그대 얼굴
잘 익은 홍시 같네

발그스레한 미소
엄동설한을 녹이고
짙은 거울 밑에 놓여진
내 얼굴
습기 머금은 이천
차디찬 음지마저 녹일 듯하구나

인적 드문 철길은
최후의 경적을 울린 지 오래…
북에선 매서운 바람
시절을 감싸며 들썩이는데
가로등 너머
그대 미소 고와서
혼자 몰래 손 내밀어 본다네

감추듯이 담았다
나도
그대만큼 발그레 열띤 표정
지을 생각에

언 손에 입김 호호 불어재끼며
내 얼굴에 그대 얼굴
한겨울에 조심스레 담아본다네

아직 띄우지 못한 서신

한 조각의 추억과
한 편의 시가 담긴
너에게 띄우는 서신

흩날리는 벚꽃 아래서
우리는 무엇을 보았을까
교정엔 이름 없는 소나무
그 시절 바래진 사진을 보네

함께 썼던 공간과
함께 했던 웃음을 담아
한껏 치켜 올린 입꼬리
하늘 높이 치켜 올릴까

바래진 사진엔
발그레한 볼살 실룩이는데
처연한 소나무 아래서
이름만 남은 사내 하나가
다가올 여명을 향해
시린 손길 어루만지네

구름에 달 가듯이
네게 떠도는 방랑자 되어
새싹의 씨앗을 틔우려는지
다가온 첫 키스는
정신을 잃을 듯 아찔한데

일어나 보니
태양의 무리들 들썩이고
뽀얀 안개 연기
춤을 추듯 일렁이니

너에게 띄우는 서신은
아직
네게 닿을 길이 멀었나 보다

재회할 그날엔 용기 낼 수 있기를
바래진 사진첩 쓰다듬으며
혼자 네게 떠돌며 소망해보자
흩날리며 강해지는 추억과 함께

오늘도
시린 나무에 바래진 사진 하나
홀로 눈 감아 열매 맺는다

끝을 위한 시작

시월 섣달그믐
그즘…

기나긴 인고의 세월
시린 짙은 여백 속에
고요를 살라 먹은
지나간 내 청춘

잘린 싹은
다시 피지 않는다지
그러나
향내 짙은 교탁은
다시 올 주인 찾아
영령한 고뇌를 품는다네

기다림은 끝이 있는 법
나 지금 비록 남루하나
다가올 시작의 끝엔
비로소
끝이 시작이 될지니

다가올 해돋이 맞이하러
지금은 여명의 황홀함에
조용히 눈을 감지

새싹이 트는
신명 난 춤사위 속에서
고달픈 내 영혼은
한 겹 더 푸르러질지니

그러니
지금은 시작의 끝
끝의 시작
그리고
거룩함 속에 짙어지는 청춘의 여백미

잎

야밤에 핀 한 그루 잎이여
보는 것조차 경이로운 신의 축복이여
잿빛 속에 아우성치는
광명을 감추고 있나니

고독 속에 씹다 뱉은 떨이처럼
산화하다 숨죽여 존재를 감추니
사시사철 잎사귀는 굳게 입 다물고
봄비에 애간장 타듯 마를 날이 없구나

너의 거룩함과
너의 치졸함은
이렇듯 인세에 보기 드문 걸작일지니
나일강에 둥지 짓는 고고한 새처럼
아서라 내겐 나설 길이 없다

수천의 담금을 견뎌낸 금강석같이
너의 존재와 나의 의지와
보지 않을 수치심에
오늘도 거룩함 속에 굳어지는 역겨운 잎사귀

떼어내고 싶어도 쥐어뜯고 싶어도
단념하는 법을 일찍 깨우쳐
희망보다 포기가 앞서는 청춘이여

오늘도 낡은 교직노트에
헤어진 글 한 줄 남기며
고독 속에 눈물
홀로 삼키우리라

재회

5월의 살랑이는 첫 키스에
녹아내릴 듯한 유리창 너머
불어오는 소식 속엔
아련한 옛 얘기 지즐대며 넘실거리네

창가에 기대 그댈 맞이한 후
향기 젖은 그대 목소리에
잠시 취한 듯 몸을 들썩이니
보이네 그대 얼굴이
변치말잔 언약에 묻힌 붉은색 장미

세월이 그댈 피하는 걸까
그대가 세월을 피하는 걸까
아니면
잡념으로 가득 찬 나의 집념일는지…

우수가 짙어지는 5월 어드메에는
눈먼 장님처럼 산하를 떠돌자 했건만
창가를 두들기는 해일에
이내 멈춰서는 두 발걸음

고요한 산들에 묻힌 발끝이
뚜벅뚜벅
잠든 창가에 바람 스치우니

집념은 곧 망상
망상은 곧 집념으로
시린 초여름 녘 달빛 속에
여려진 나를 감춰보지

꽃을 심으리라

어둠이 짙어지는 동지 너머에도
안개꽃은 촘촘히 피었다지

개화
분분히 지던 낙화를 뒤로 하고
초롱달 조명 아래
꽃송이는 더욱 영글어졌다지

길을 잃은 망자여
그대 어딜 가는지
애달픈 마음 감출 길 없어
빈 소매에 잠시 눈물 고이고

이제야 오시려나
나는 세찬 바람이 되어
꽃바람을 흩뿌리네

온누리 사방에 씨앗 뿌려
청정수에 몸을 담글 수 있다면
오라

나는 뿌리째 흔들린 데도
다가오는 산마루 너머에
오늘도 한 송이 꽃을 심으리

네게 한 걸음씩 다가가기 위해
지금 움켜쥔 손
절로 숙여지는
그 시절 아름다운 결별

회자정리(會者定離)

새하얀 정기 머금고
진홍색 각인된 관인 따라
백설기 같은 바람은
얼어붙은 벌판을 적시었다

장내에 여울진 무너지는 함성은
이내 곧게 시립하여
망자를 위한 마지막 진혼곡을 준비한다

꺼이꺼이
곧게 뻗어나가는 이별의 전조에
아버지는 소주 한 모금
목석같은 손에 담은 채
사시나무 떨 듯 목 놓아 우셨다

회자정리 거자필반이라
또 다른 만남을 기대하며
세상은 짙은 여백으로 물든다
큰 도화지에 짙은 눈보라를 수놓으며

만남이 있으면 이별이 있는 법
그러나
그 이별은 우리에게 만남을 약속하지 않는다

새하얀 정기 머금고
진홍색 각인된 관인 따라
백설기 같은 바람이
얼어붙은 벌판을 적시었다

월야독보(月夜獨步)

늙어버린 밤
아득히 멀어가는 지평선 아래
무거워진 신발 한 켤레
그늘진 새벽노을 따라 길을 나서네

촉촉이 젖은 눈시울은
이내 칼바람에 길을 잃고 헤매고
목을 적신 한 줌의 미증유는
격렬해진 몸부림으로 나를 지우니

한 잔의 술과
홀로 나를 비추는 달빛만 있다면
새벽녘 젖어드는 이 고행도
나를 피해간다 느꼈건만…

어두워진 밤하늘에 길은 안 보이고
정처 없는 이 무거워진 발걸음은
길 잃은 어린 새 마냥
나를 어디로 인도하는지

알 수 없는 의문과
풀 수 없는 갈증에
올려다 본 하늘은 홀로 청청하니
달빛이 밝아지니 별빛이 희미해지는 형국이구나

아이야
나에게 답을 줄 수 있다면
선지의 지팡이 따라
흐르는 눈물 길 따라
무거운 고행의 길 걸어볼 텐데…

어디로 가야 하느냐
부서질 것 같은 순두부인 이 내 몸은
내 몸은…

나를 안다는 것

내가 너를 알듯이
너는 나를 아느냐
잎새에 스치는 메마른 바람에도
나는 거친 황야의 벌판을 동경했다

유려한 숲 내음에도
활짝 핀 코스모스 향에도
나는 거칠어진 손등 매만지며
오늘을 오롯이 살고자 했다

걷다가 지쳐
잠시 모래 위에 몸 누이고
스치는 폭풍우에도
잠시 몸을 오므려
그저 쉬면 그만인 것을
나는 아는 것을
그대는 여전히 알지 못한다

삶의 고즈넉한 황혼이 오더래도
나를 지탱할 오랜 동반자
낡아진 신발 한 켤레
옆에 함께 한다면
그저 그뿐
그저 그것이 다일뿐이다
나에겐

단 한 번도 이해받지 못했고
스스로 이해를 구하지 않는다
삶의 경계를 넘어서도
정결한 영혼은 불패

오늘도 거친 저 언덕 너머를 향해
순결한 성례의 길
한 발자국 움직일 뿐이다

배가 고플 때

보슬비 축축이 젖어드는 날에
대로의 길 따라
무거운 발걸음을 옮긴다

추적추적 내리는 비가
나의 그림자를 뒤따르고
어느새 번화한 상점에 이르면
낯선 군중들의 시선이 나를 향한다

꼬르륵
배고픈 한 아이는 주머니를 뒤지나
나오는 것은
한 줌의 먼지와 한 마리 학뿐
줄 것은 하나 없는데 나오는 것은 있구나

낯선 갈림길에서 선택을 종용 받는다
손에 스치는 텁텁한 감각이
나를 원하고
그러나 나의 선택은 오로지 한 가지
빗물에 눅눅해진 초록색 멜론 빵

익숙한 내음이 물끄러미
나를 바라본다
나도 그를 바라본다

인생은 이와 같다
무언가를 선택하면 무언가를 버려야겠지…
그리고
다시 선택한다 무엇인가를

길을 걸으며 나는 외친다
난 아직 배가 고프다

챔피언

걸까 말까
깨울까 말까

한 잔 술에 오락가락
걸려던 손 멈칫
놀란 가슴 흠칫

돈가스에 케첩 묻힌 듯
이성과 감성 뒤범벅돼
결투 신청한 때

지쳐 화가나
부르르 몸 떨며 침묵하는 폰
감성은 TKO 돼 쓰러지고

아
내가 이겼어!
거머쥔 챔피언 벨트
상처 입은 이성
환호하며 고향으로 돌아가는데

아
이기긴 개뿔
눈에 든 영광의 상처 고장 나
샘이 마르지 않는다

에이 산타는
올해도 날 찾지 않겠네

패러독스

어둠이 야경의 순회를 돌면
고독의 향내가 짙어지듯

온 누리를 감싸는 빛의 향연에
순례자의 희망도 깊어갑니다

빛이 있으면 어둠이 있는 법
어둠이 있기에 빛이 있지요

달여지는 패러독스
들이키는 한 모금이

오늘도 군중을 숨 쉬게 합니다
오늘이 있기에 내일이 있지요

개구리의 곡

개굴개굴 개구리
목청 좋은 개구리
질렀다 내렸다
능수능란 대단허다
어디서 배웠기에
구슬피 우는 걸까
누구의 진혼곡을
처연히 푸는 걸까
알 길 없는 메아리에
뜻 모를 소리에
한 객(客)은 관객 돼
이내 망부석 됐다
하늘에 내리는 비 담아
마음에 비 내렸다

주름진 눈살

거울 속에 비친 주름진 눈살이
사무치도록 눈물겹습니다

세월을 타고 넘는 백색의 겨울이
눈살을 흘러넘쳐 내게 닿았군요

푹 패인 감정의 도화선이
줄을 치고 앉아
내게 무언의 신호를 보내네요

가도 가도 끝이 없을
지평선 너머 어드메에
굴곡진 한 사내의 아름다운 결말은
희극으로 막을 내릴 수 있을까요

삶이 깊어질수록 인생의 고저는
높아만 가는데
한 맺힌 숨소리에 거친 내 손등은
여전히 한 삶의 파노라마를 그리고 있습니다

거울 속에 비친 주름진 눈살이
사무치도록
눈물겹지 않고 싶습니다

보고 싶지 않은 너

해 머금은 달
자욱이 품은 안개를
차디찬 이슬로 살라 먹고
넌 내게 오는가

고독이 짙어지는 황혼의 밤에
너의 진명을
나는 오롯이 허락하지 않았다

나와 너의 연은
인세에 다시없을
끈적일 끈끈이 같으니
어찌 이리도 질기단 말인가

보고 싶지 않다
듣고 싶지 않다
오지 마라 Monday

황혼의 나그네

옅은 그믐이 떠오른 투명한 새 겨울
내리친 새하얀 푸르름 정기 속에
홀로 눈 감아 내미는 얕은 손

손에 비치는 투명함과
진실한 성음이 짙게 내린 장막이
옅은 내 얼굴 따라 막을 씌우고
한 올 한 올 여민 손을 따라
새로운 여명, 짙은 황혼이 붉게 물든다

잊혀진 고독 위로 짙게 부상하는 수면은
일엽편주 함성 따라 고개 드리우니
길 잃은 나그네는 지팡이 짚고
메마른 황야에 갈 길을 헤매네

님이여
푸르른 장막 따라 펼쳐진
그림자 서린 나그네의 짙은 여명을
뚜벅뚜벅 굳게 뿌려주구나

어두운 길 너머

지나온 길이 어두워
발꿈치에 불을 밝혔다

희미해진 가로수길 너머
누군가
그림자에 묻어논 실타래가
오지 않을 별을 노래하며
풀리지 않는 매듭을 묶었다

작은 굴레를 넘은 제야의 종소리들이
굴곡진 생의 큰 굴레를 돌리고
속삭이듯
귓볼 간질이는 밤

차곡히 쌓인 마음의 별빛
사뿐히 즈려밟혀
희미한 신음 고개 드니
잠 못 이룰 발등엔
켜켜이 먼지만 쌓이겠지

노래하자
헤아릴 수 없는 별의 추억을
상처를 바람을
갈아 신은 발자국 서성이는
별빛 내리던
가로수길 너머에서

지나온 길이 희미해서
나도 모른 새
발등에 별이 묻었다

청춘은 고독을 품다
윤영규 지음

발 행 처 · 도서출판 **청어**
발 행 인 · 이영철
영 업 · 이동호
홍 보 · 천성래
기 획 · 남기환
편 집 · 방세화
디 자 인 · 이수빈 | 김영은
제작이사 · 공병한
인 쇄 · 두리터

등 록 · 1999년 5월 3일
(제321-3210000251001999000063호)

1판 1쇄 발행 · 2021년 9월 10일

주소 · 서울특별시 서초구 남부순환로 364길 8-15 동일빌딩 2층
대표전화 · 02-586-0477
팩시밀리 · 0303-0942-0478

홈페이지 · www.chungeobook.com
E-mail · ppi20@hanmail.net
ISBN · 979-11-5860-976-4(03810)